BARBARA REID

COMPTINES
pour faire dodo

Texte français de
Josée Leduc

Éditions
SCHOLASTIC

Les illustrations de ce livre ont été réalisées avec de la plasticine
mise en forme et pressée sur du carton à dessin.

La comptine *Jacques sois leste* est tirée de *Rimes de la Mère Oie* d'Ormonde de Kay.
La comptine *Petit berger* est une adaptation de la traduction en français d'Alix Fedoruk,
tirée du site Web Mama Lisa's World.
Le comptine *Chut, petit bébé* est une adaptation de la traduction en français de Monique Palomares,
tirée du site Web Mama Lisa's World.

Catalogage avant publication de Bibliothèque et Archives Canada

Reid, Barbara, 1957-
[Sing a song of bedtime. Français]
Comptines pour faire dodo / Barbara Reid ; texte français de
Josée Leduc, Ormonde de Kay, Alix Fedoruk, Monique Palomares.

Traduction de : Sing a song of bedtime.
ISBN 978-1-4431-4685-2 (relié)

1. Comptines. 2. Heure du coucher--Poésie pour la jeunesse.
I. Leduc, Josée, 1962-, traducteur II. Titre: Sing a song of bedtime.
Français

PZ24.3.R45 Co 2015   j398.8   C2015-904617-3

Photographie : Ian Crysler
Édition publiée par les Éditions Scholastic, 604, rue King Ouest,
Toronto (Ontario) M5V 1E1 CANADA.

6 5 4 3 2 1   Imprimé au Canada 114   15 16 17 18 19

À Peachy et Albert
— B.R.

Frère Jacques

Frère Jacques, frère Jacques,
dormez-vous? Dormez-vous?
Sonnez les matines, sonnez les matines!
Ding, ding, dong! Ding, ding, dong!

Petit berger

Petit berger,
viens sonner ton cor!
Tes moutons vont au sud,
tes vaches vont au nord!
Où est le garçon
qui garde le troupeau?
Sous une meule de foin,
il fait dodo.
Qui le réveillera?
Sûrement pas moi.
Car si je le fais,
je suis sûr qu'il pleurera!

Rame, rame, rame doucement

Rame, rame, rame doucement,
porté par le courant.
Vogue,
vogue,
vogue,
la vie s'écoule gaiement!

Dors, mon chéri

Dors, mon chéri,
ton père garde les brebis.
Ta mère secoue l'arbre du pays des rêves
d'où tombera, rien que pour toi, un rêve.
Dors, mon chéri,
dors, mon chéri.
Dors, mon chéri,
dans la vallée fleurie,
le p'tit agneau broute de l'herbe verte.
Sa laine est blanche, douce et proprette.
Dors, mon chéri,
dors, mon chéri.

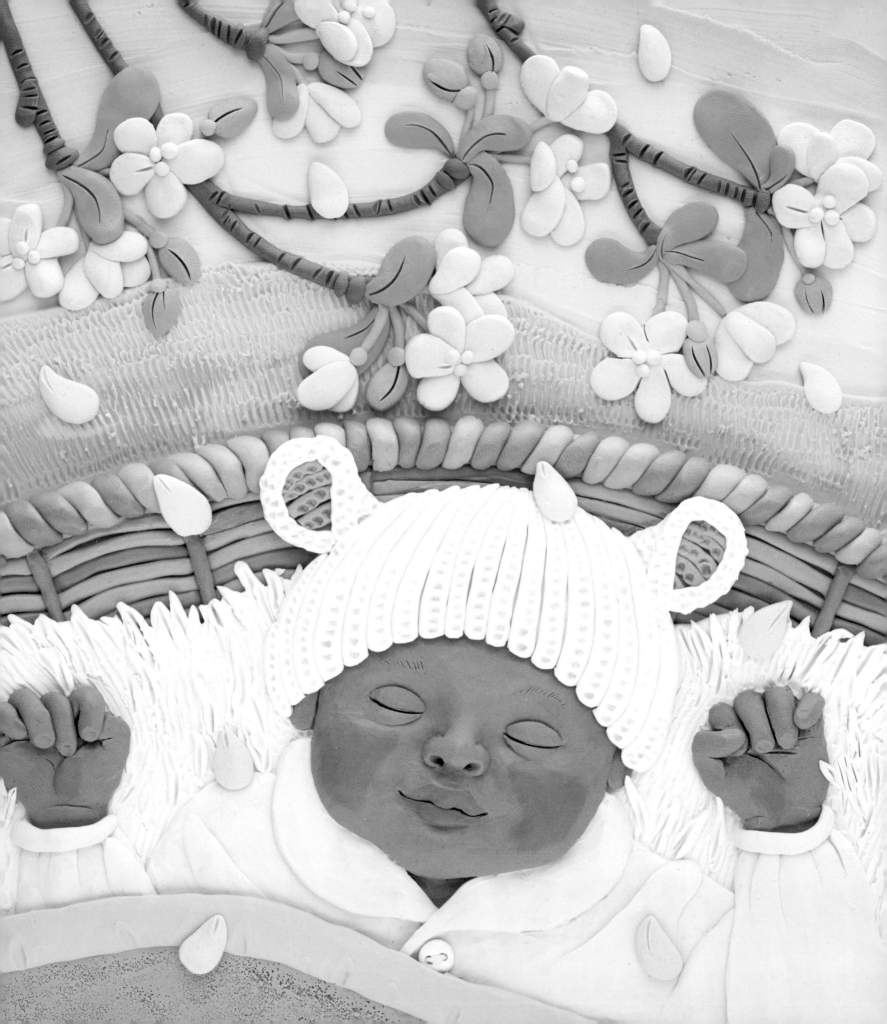

La vieille dame dans un soulier

Une vieille dame vivait dans un gros
soulier.
Elle avait tant d'enfants,
elle était découragée.
Elle leur donna du bouillon
sans un quignon de pain.
Puis elle les mit au lit après un gros câlin.

Tourlou, tourlou, mon fils Simon

Tourlou, tourlou, mon fils Simon
s'est couché avec son pantalon.
Un soulier à un pied, à l'autre non.
Tourlou, tourlou, mon fils Simon.

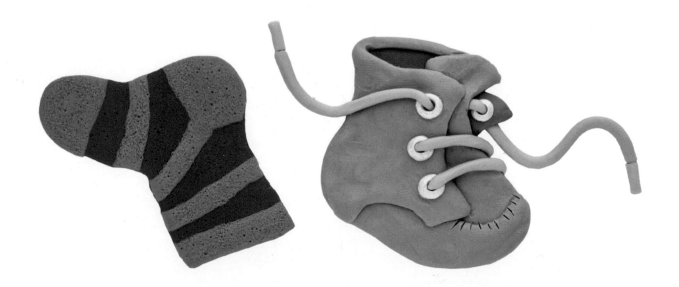

Le petit Willie Winkie

Dans la ville, le petit Willie Winkie
monte et descend en tenue de nuit,
tape à la fenêtre, par la serrure il crie :
« Il est dix heures, tous les enfants au lit! »

Jacques, sois leste

Jacques, sois leste.
Jacques, vas-y.
Jacques, saute par-dessus
la bougie.

L'homme sur la Lune

L'homme sur la Lune
est un homme nocturne.
Et voici ce qu'il dit :
quand il est temps de me lever,
tous les p'tits sont couchés.

Étoile brillante

Étoile brillante dans le ciel noir,
la première que je vois ce soir.
J'aimerais tellement, j'aimerais voir
se réaliser, mon souhait ce soir.

Un vieil hibou sage

Un vieil hibou vit dans un arbre,
et plus il voit et moins il parle.
Et moins il parle, plus il entend.
Pourquoi les gens n'en font-ils pas autant?

Ourson brun, ourson brun

Ourson brun, ourson brun, tourne-toi,
Ourson brun, ourson brun, tends les bras.
Ourson brun, ourson brun, fais-toi grand,
Ourson brun, ourson brun, tu es un géant.
Ourson brun, ourson brun, peux-tu te baisser?
Ourson brun, ourson brun, touche tes pieds.
Ourson brun, ourson brun, tu es fatigué!
Ourson brun, ourson brun, va te coucher.
Ourson brun, ourson brun, dans ton lit!
Ourson brun, ourson brun, dis bonne nuit!

Chut, petit bébé

Chut, petit bébé, pas un mot,
maman t'achètera un bel oiseau.
Si cet oiseau ne chante pas,
une bague, papa t'offrira.

Si cette bague roule sous l'armoire,
maman t'achètera un grand miroir.
Si le miroir se casse en morceaux,
papa t'achètera un petit chevreau.

Si ce chevreau n'est pas très sage,
tu auras ton propre attelage.
Si cet attelage se renverse,
tu auras un chien nommé Princesse.

Et si ton chien part en cachette,
papa t'achètera une charrette.
Même si elle se brise sur une pierre,
bébé, tu restes le plus beau de la Terre.